Cornelius Justus Korn

Einsames Echo – San Sebastián del Oeste

Bibliografische Information der Deutschen Nationalbibliothek
Die Deutsche Nationalbibliothek verzeichnet diese Publikation
in der Deutschen Nationalbibliografie; detaillierte bibliografische
Daten sind im Internet über http://dnb.d-nb.de abrufbar.

© 2013 Cornelius Justus Korn
Umschlagdesign, Satz, Herstellung und Verlag:
BoD - Books on Demand
ISBN 978-3-8482-6933-4

Das monotone Klingeln meines weißen Weckers lässt mich wach werden. Mit einem gezielten und etwas heftigen Schlag bringe ich ihn zum Schweigen. Es ist Punkt fünf Uhr. Normalerweise würde ich mich um diese Zeit noch einmal im Bett umdrehen und weiterschlafen, doch nicht heute. Um mich herum ist es still, ungewöhnlich still. Nicht einmal die kleinen schwarzen Vögel, von denen ich immer noch nicht weiß, wie sie heißen, tummeln sich im Garten. Sonst tragen sie bereits am frühen Morgen ihre Revierkämpfe in den Baumkronen aus.

Es ist Montag, der 12. April 2004, und ich befinde mich wie schon in den letzten fünf Wochen in Puerto Vallarta, Mexiko. Meine Zeit in dieser bezaubernden Stadt geht so langsam zu Ende. Es ist das erste Mal, dass ich so weit und so lange von meiner Stuttgarter Heimat entfernt bin. Doch genau das war irgendwie auch mein Ziel. Mit dem Abheben der Lufthansa-Maschine in Deutschland vor ein paar Wochen hatte ich dort meine Ex, meinen Job sowie die intensive Suche nach dem roten Faden in meinem Leben zurückgelassen.

Ich stehe auf und beginne mit den Vorbereitungen für einen Ausflug, den ich schon seit Tagen plane. Alle Schritte habe ich am Vortag penibel genau aufgelistet und hinter jede Tätigkeit die maximale Minutenzahl geschrieben. Mehr Zeit darf ich für die einzelnen Punkte nicht benötigen. Meine farblich aufeinander abgestimmten Reiseklamotten habe ich auf den dunkelbraunen Holzstuhl in meinem Zimmer gelegt. Auf der Sitzfläche liegen neben T-Shirt, Boxershorts und kurzen Bluejeans ein paar gerollte Socken. Vor dem Stuhl stehen meine Turnschuhe. Zur Sicherheit prüfe ich noch einmal, ob sich mein Messer immer noch in der separaten, kleinen Außentasche meines Rucksacks befindet. Kurz bevor ich das Zimmer verlasse, werfe ich noch einen Blick in den großen Schlafzimmerspiegel. Der Mann im Spiegel lächelt kaum merkbar, nickt kurz und verschwindet anschließend aus dem Bild.

Die Wohnzimmertür öffnet sich langsam, als ich gerade auf dem Weg in die Küche bin. Merlin ist aufgewacht und quetscht sich durch den engen Türspalt. Er springt auf den Stuhl und schaut mich etwas verwundert an. Die Schnauze streckt er mir entgegen und sein schwarz-weiß gescheckes Fell wird vom Licht der Küchenlampe beleuchtet. Für ein Frettchen ist er recht klein, doch dies scheint ihn nicht weiter zu stören. In den letzten Wochen hat er sich sehr an mich gewöhnt und versucht immer wieder, mich zu begleiten, wenn ich mal das Haus verlasse. Seine Besitzer hatten bisher nie etwas dagegen. Aufgrund seiner tollpatschigen Art habe ich ihm den Spitznamen „Mai Tai" gegeben. Manchmal schwankt er beim Laufen etwas oder er kollidiert leicht mit einer der Figuren, die im Flur stehen. Er zwängt sich durch meine Beine hindurch in der Hoffnung, auch dieses Mal seinen Willen durchsetzen zu können. Ich hebe ihn hoch, damit ich ihm in die Augen schauen kann. „Wenn du mitwillst, musst du die nächsten beiden Tage Hundefutter aus der Dose fressen", flüstere ich ihm zu. Er legt keinen Protest ein und klettert in das oberste Fach meines Rucksacks. Es ist sein Lieblingsplatz bei Ausflügen. Er verkriecht sich bei zu viel Trubel dorthin und schaut sich, wenn er möchte, durch einen Spalt das Geschehen draußen an.

Einen handgeschriebenen Brief lege ich auf den Frühstückstisch und verlasse pünktlich und leise das Haus, so dass keiner von den anderen aufwacht. Von der Straße aus werfe ich einen kurzen Blick zurück auf das große, soeben geschlossene, hölzerne Eingangstor. Für eine Sekunde verharre ich, schließe etwas wehmütig die Augen und mache mich nach einer zügigen halben Drehung auf den Weg.

Die Nacht hat die komplette Umgebung noch in ihrem festen und dunklen Griff. Ich wundere mich über jeden Passanten, den ich auf der Straße sehe. Ich denke: „Nur Verrückte verlassen freiwillig um diese Zeit ihre Häuser." Als ich mein unscharfes Spiegelbild in einer Fensterscheibe entdecke, verwerfe ich diesen Gedanken wieder. Ich laufe weiter durch die Gassen und die ersten Sonnenstrahlen des Tages lassen langsam die Farben der Häuser, Straßen und Autos erahnen. Nach einigen Minuten Fußmarsch erreiche ich wie geplant die Bushal-

testelle. Zufrieden stelle ich fest, dass ich noch zwei Minuten früher dran bin als bei meinem gestrigen Testlauf. Wenig später kommen ein paar Busse langsam mit quietschenden Bremsen angefahren und parken hintereinander in der Haltebucht.

Sonnenstrahlen treffen die Fahrzeuge und offenbaren ihr wahres Alter. Ihre gelbe Lackfarbe muss sich bereits an einigen Stellen dem Braunrot des sich ausbreitenden Rostes geschlagen geben. Ein Riss durchzieht eines der Seitenfenster des vordersten Busses, nur schwarzes Klebeband verhindert, dass er sich weiter ausbreitet.

Ein Hinweis auf den Zielort der Busse ist nirgends zu erkennen. Langsam tauchen immer mehr Menschen auf und warten auf den Moment, in dem sie die Fahrzeuge betreten dürfen. Als ich mich umschaue, merke ich, dass ich hier wohl der einzige Tourist bin. Nur die wenigsten verirren sich nach San Sebastián, denke ich mir in diesem Moment. Nachdem die ersten Passagiere in die Busse eingestiegen sind, frage ich einen der Busfahrer in gebrochenem Spanisch, welchen Bus ich nehmen müsse. Die Antwort kommt prompt, doch sie überzeugt mich nicht wirklich. Trotzdem steige ich in den besagten Bus und suche meinen Sitzplatz. Auf meinem Ticket steht eine zweistellige Nummer, die ich für meine Platznummer halte – falls es für diese Fahrt überhaupt Platznummern gibt. Doch als ich ganz hinten im Bus angekommen bin, stelle ich fest, dass es keinen Platz mit der Nummer 36 gibt, bei 34 ist Schluss. Nach einem kurzen Gespräch mit einer jungen Mexikanerin lässt sie ihren kleinen Sohn vom Fensterplatz aufstehen, so dass ich mich setzen kann. Der Junge nimmt stattdessen auf einem Bottich weißer Farbe direkt vor seiner Mutter Platz, ganz so, als sei es nichts Besonderes, dass Kinder bei einer Busfahrt auf einem Eimer Farbe sitzen. Als einer der letzten Fahrgäste betritt ein älterer Mann den Bus und steuert zielstrebig auf die hinterste Reihe zu. Nur wenige Augenblicke später sitzt er zwischen der jungen Frau und mir und die Fahrt beginnt mit halb offen stehender Fahrertür.

Nach kurzer Zeit erreichen wir die Stadtgrenze. Ein dezentes Lächeln huscht über mein Gesicht, als wir an „Jennifer", der angesagtesten Disko der Stadt, vorbeifahren. Die bunte Leuchtreklame über dem Haupteingang, die große Kuppel sowie die Werbeschilder erinnern mich an mein letztes Erlebnis dort.

Erst vor zwei Tagen war ich abends mit ein paar Freunden zum Feiern dort. Eigentlich waren es eher Bekannte von mir. Ich war an diesem Tag in einem kleinen Restaurant zum Abendessen gewesen. Auf eines der guten mediterranen Gerichte auf der Karte hatte ich allerdings keine Lust. Stattdessen bestellte ich einen Nachtisch nach dem anderen, genoss die kühle Brise, die durch die Gasse wehte, und lauschte den Mariachis, welche für die Gäste des Restaurants spielten. Gegen Mitternacht verschwanden die Musiker und wenig später war ich der letzte Gast. Ein Kellner und zwei Kellnerinnen waren noch da und redeten über ihren Feierabend. Da ich in den letzten Wochen schon häufiger da war, kannten sie mich bereits. Der Kellner setzte sich zu mir an meinen

Tisch und fragte, ob ich Lust hätte, noch mit ihnen auszugehen. Es sei heute sein letzter Arbeitstag und sie wollten noch ein bisschen feiern gehen.

Wenig später waren wir im „Jennifer" und ich erklärte mich bereit, die erste Runde Bier für uns zu holen. Auf meine Bestellung von drei Flaschen Corona schob mir der Barkeeper gleich sechs über den Tresen und nickte dabei zustimmend. Hinter mir hörte ich, wie Glas auf dem Boden zerbrach, dicht gefolgt von einem kurzen Fluch, ausgestoßen von einer weiblichen Stimme, allerdings auf Schwäbisch. Allein der Klang des mir vertrauten Dialektes verbesserte schlagartig meine Stimmung. Ich drehte mich um – und eine junge Frau mit langen schwarzen Haaren und sportlicher Figur stand vor mir. Zwischen uns die zerbrochene Bierflasche. „Corona?", fragte ich sie und signalisierte ihr, dass sie doch eine von meinen Flaschen nehmen sollte. Sie nahm mein Angebot an und schenkte mir ein kurzes, umwerfendes Lächeln. In diesem Moment hatte ich das Gefühl, dass jemand mir den Teppich unter den Füßen wegzog. Doch ich blieb stehen. Sie rief Ramos, dem Barkeeper, ein paar Sätze zu und deutete kurz auf den Boden. Verstanden hatte ich ihr Spanisch nicht. Sie schien den Barkeeper bereits länger zu kennen. Ich bemühte mich, keinen Schwachsinn zu reden. „Kannst du bitte ganz kurz auch meine Flasche halten?", fragte ich sie und drückte ihr eine weitere in die Hand. „Nicht weglaufen, bin gleich ...", schob ich noch im Wegdrehen hinterher. Wenig später stand ich wieder ohne die restlichen Flaschen vor ihr und konnte mein dankbares Lächeln darüber, dass sie tatsächlich gewartet hatte, nicht verbergen. „Wo lernt man hier in Mexiko so gut auf Schwäbisch zu fluchen?", wollte ich von ihr wissen. Sie erklärte mir, dass sie in Guadalajara geboren wurde, allerdings in der Nähe von Tübingen aufgewachsen sei. Inzwischen waren wir auf den Balkon hinausgegangen, um uns nicht ständig gegenseitig ins Ohr schreien zu müssen. Ein Heizstrahler spendete etwas Licht und Wärme. Wir entdeckten das Skifahren als gemeinsames Hobby, sprachen über die mexikanische und die deutsche Küche und auch über die schöne Uferpromenade von Puerto Vallarta.

Meiner Frage, ob sie beruflich hier sei, wich sie allerdings aus und wollte stattdessen wissen, was ich in den nächsten Tagen noch vorhätte. Von meiner Idee, nach San Sebastián zu fahren, hielt sie ausgesprochen wenig. Sie sprach von einem langweiligen Dorf und von verschwendeter Zeit. Nur wenige Augenblicke später machte sich ihr Pieper bemerkbar und sie erklärte mir, dass sie noch einen wichtigen

Termin hätte und nun gehen müsse. Noch bevor sie sich von mir verabschieden konnte, fragte ich sie nach ihrer Telefonnummer und ob sie am nächsten Wochenende mit mir essen gehen wolle. Sie blieb für eine Sekunde still stehen, ihre dunkelbraunen Augen funkelten im schwachen Mondlicht und ein kurzes Lächeln huschte über ihr Gesicht. Sie schrieb mit dem Kugelschreiber vom Nachbartisch eine Telefonnummer auf einen halben Bierdeckel. Dahinter schrieb sie „Sam", eingesäumt von zwei kleinen Sternen. Den Bierdeckel steckte sie in die Brusttasche meines Hemdes und flüsterte mir noch

„Pass auf dich auf!" ins Ohr. Noch ein kurzer Blick, ein flüchtiges Lächeln und sie verschwand mit ein paar dezenten Hüftschwüngen in der Menge auf der Tanzfläche. Nun stand ich da, neben meinem Heizstrahler, und fühlte mich etwas deplatziert. Meine Bekannten schienen ebenfalls bereits gegangen zu sein. Somit fand ich mich nur wenig später an der Bar wieder. In Gedanken versunken starrte ich die Spirituosen im Regal vor mir an. Als der Barkeeper für mich etwas überraschend nach meiner Bestellung fragte, bestellte ich die Nummer 23 von der Getränkekarte, ohne zu wissen, was mich gleich erwartete.

Der ältere Mann im Bus neben mir öffnet seine überdimensionale Kameratasche, zieht einen Umschlag mit Fotos nach dem anderen heraus und fängt an zu erzählen. Er spricht von 20 Jahren Gastarbeit in den USA, vom Ruhestand, von Belichtungszeiten und Fotofilmen, von seiner Nichte in Puerto Vallarta, von ihrem Job als Kellnerin, von Kameramodellen, Familie, Hochzeiten und von Guadalajara. Zuerst erzählt er seine Geschichte mir zu seiner Linken auf Englisch und anschließend der jungen Frau zu seiner Rechten auf Spanisch. Seine Worte klingen zeitweise so monoton wie die eines Psychiaters, kurz bevor sein Patient in Hypnose fällt. Mein Interesse sinkt von Bild zu Bild, doch die Erziehung, die ich genossen habe, lässt mich jedes einzelne Foto anschauen und ab und zu kurz nickend lächeln. Seine längeren Atempausen nutze ich, um selbst Fotos von der sich schnell verändernden und immer grüner werdenden Landschaft zu machen. Nachdem wir die weitläufige Stadtgrenze verlassen haben, wechseln wir von der Hauptstraße auf eine Nebenstraße und von dieser zur nächsten kleineren Straße. Die Vegetation verändert sich weiterhin rasch und wird immer vielfältiger. Als die ersten kleinen Berge in der Ferne zu sehen sind, schießt mir der Begriff „Sierra Madre" durch den Kopf. Die ersten Serpentinen liegen bereits kurz vor uns. Auf den schmalen, unzementierten Wegen mit Schlaglöchern fahren wir unermüdlich die Berge hoch und wieder hinunter. Bereits im Vorfeld der Fahrt hatte ich erfahren, dass sie zwischen zwei und fünf Stunden dauern sollte – nach mexikanischem Zeitgefühl.

Da mein Nachbar mir bereits all seine Bilder gezeigt hat, beginnt er nun, mir jede einzelne Funktion all seiner vier Kameras zu erklären. Er spricht von 800er-Filmen, Fotospezialgeschäften, Schärfeeinstellungen und von Dingen, die ich, bereits kurz nachdem er sie ausgesprochen hat, wieder vergesse. Nicht einmal Fragmente seiner Erklärungen speichere ich in mein Langzeitgedächtnis. Seine Fragen werden nun persönlicher und ich beschließe, mir kurzerhand eine neue Identität zuzulegen. Somit bin ich jetzt Tom aus Deutschland, der in Mexiko Bekannte besucht.

Nach etwa zweieinhalb Stunden Fahrt passieren wir das erste Straßenschild mit der Aufschrift „San Sebastián“. Nur wenige Minuten später halten wir neben ein paar kleinen Häusern und einer Art Imbissbude. Eine der Mitreisenden, die während der Fahrt erfahren hatte, dass ich Englisch spreche und nach San Sebastián möchte, weist mich kurz darauf hin, dass ich hier aussteigen müsse. Vor dem Bus erkundigt sie sich noch bei einem älteren Mann, der auf einer Bank sitzend die aussteigenden Leute beobachtet, nach dem weiteren Weg. Erst jetzt erkenne ich das Schild, welches darauf hinweist, dass es sich hier tatsächlich um eine offizielle Bushaltestelle handelt. Der alte Mann erklärt, dass ich zuerst die Straße geradeaus, dann über die nächste Kreuzung und anschließend nach links gehen müsse. Ab dort müsste ich nur noch den Berg hinauf. Insgesamt seien es neun Kilometer und somit viel zu weit zum Laufen. Ich bedanke mich kurz bei ihm und erkläre, dass ich trotzdem zu Fuß gehen werde. Kopfschüttelnd ruft er mir noch hinterher: „Das sind aber neun Kilometer in den Bergen. Warte doch lieber auf das nächste Auto, um zu trampen."

Es dürfte momentan etwa 30 Grad Celsius heiß sein und es ist keine Wolke am Himmel zu sehen, die der Sonne etwas Kraft rauben könnte. Kleine Windböen wehen immer wieder neuen Sand über die Straßen, sie lassen mit Leichtigkeit jegliche Spuren verschwinden. Ein paar Windstöße reichen aus und niemand kann mehr erkennen, dass ich jemals hier war.

Die letzten Häuser des kleinen Ortes La Estancia liegen bereits hinter mir. Ich denke an die Halbmarathonläufe des vergangenen Jahres, an den Terry-Fox-Lauf vor ein paar Tagen und bin davon überzeugt, dass das bisschen Wandern mir hier auch nicht weiter schwerfallen wird. Nach ungefähr 35 Minuten bleibe ich kurz an einem Zaun am Straßenrand stehen. Ein paar Häuser sind zu sehen sowie eine sehr kleine, strahlend weiße Kirche. Menschen scheinen allerdings nicht anwesend zu sein. Doch mein Ziel habe ich noch nicht erreicht und so gehe ich weiter. Nur wenige Minuten später taucht ein großer Bauernhof auf. Um ihn herum stehen einige Traktoren. Unweit davon sind auch die bisher ersten Straßenschilder zu sehen: „Puerto Vallarta 40 km" und „San Sebastián 9 km".

Hinter der nächsten Kuppe versperrt mir eine kleine Kuhherde den Weg. Die Tiere starren mich an, als ob sie wissen, dass ich normalerweise nicht hier bin. Sie scheinen darauf zu warten, was als Nächstes passiert. Ich bleibe ebenfalls stehen und fokussiere die Herde für einen Augenblick. Nach geschätzten zwei Minuten Stillstand gehe ich langsam auf sie zu. Die Kühe laufen kurz weg, um dann den ursprünglichen Abstand von etwa 20 Metern wiederherzustellen. Erneut bewege ich mich mit ständigem Blickkontakt auf die Herde zu. Diesmal lassen sie sich auch ohne Weiteres überholen, bis auf einen schwarzen Stier. Er steht nur 15 Meter vor mir. Sein dunkles Fell glänzt in der Mittagssonne, seine imposante Statur zeigt, dass er in einer sehr guten körperlichen Verfassung ist. Einzelne Muskelpartien sind deutlich zu erkennen. Er ist noch unentschlossen, wie er sich verhalten soll. Er starrt mir direkt in die Augen, als würde er versuchen, mich mit seinem Blick zu durchbohren. Ich stehe still und starre zurück. „Wie ein Wächter des Ortes hat er sich vor mir aufgebaut", denke ich mir. Unsere Augen sind fast auf gleicher Höhe. In diesem Moment überlege ich, ob es eventuell besser wäre, mein rotes Halstuch abzunehmen. Doch ich behalte es an und gehe stattdessen langsam zwei weitere Schritte auf das Tier zu. Der Stier ergreift die Flucht, doch nach einigen Metern bleibt er stehen. Das Spiel beginnt erneut und wiederholt sich noch weitere drei Male. Zuletzt läuft er in beeindruckender Geschwindigkeit so weit den Berg hoch, dass ich ihn aus den Augen verliere.

Ein hellblauer Geländewagen hält neben mir. Der Fahrer fragt, ob ich nicht mitfahren wolle, und gibt mir ein Zeichen, dass ich auf die Ladefläche aufspringen könne. Eine junge Frau mit zwei Kindern hat dort bereits Platz genommen. Ich entscheide mich fürs Mitfahren und springe auf. Die Fahrt führt durch Schlaglöcher mit Wasser und ohne Wasser und auch an dem schwarzen Stier vorbei. Es ist ungemütlich, da mein Hüftknochen fortwährend gegen die Metallschale der Ersatzreifenummantelung schlägt. Ein kleiner Flughafen ist zu unserer Linken zu sehen. Es tauchen ein paar Häuser auf, die Straße ändert sich und aus der Sandpiste wird ein Weg, der mit den mexikanischen „Knöchelbrechersteinen" gepflastert ist. Kurz darauf ist auch das Ortsschild zu erkennen: „San Sebastián del Oeste".

In einer Seitenstraße lässt uns der Fahrer abspringen. Nach fünf weiteren Minuten Fußweg bin ich im Zentrum des Ortes, dem Zócalo von San Sebastián. Mein Hotel ist glücklicherweise direkt an diesem Platz. Das Einchecken dauert nicht lange, da das Hotel recht klein ist und ohne großen bürokratischen Aufwand auskommt. Ich bekomme das Zimmer Nummer drei zugewiesen. Es ist spartanisch mit einem Stuhl, einem Doppelbett, einer Kommode, einem Spiegel und einem kleinen Bad ausgestattet. Die Dusche hat keinen Vorhang und auch keine Wanne, das Wasser verschwindet einfach in den kleinen Überlaufschlitzen am Boden des Raumes. Die Zimmertür ist alt und riesig, genauso wie der handgroße Eisenschlüssel.

Etwas später spricht mich einer der Söhne der Hotelchefin an. Mit ihm gehe ich ein paar Schritte bis zum Dorfplatz, da er mir den hiesigen Aussichtsturm auf einem der Berge zeigen will. Er bietet mir an, mich mit seinem Traktor zu diesem Turm zu fahren. Natürlich gegen Bezahlung. Sein Angebot lehne ich ab, da ich die Strecke auch zu Fuß zurücklegen kann. Laut seiner Aussage benötigt man zwischen zwei und drei Stunden.

Bei meinem Abendspaziergang bemerke ich ein paar spielende Kinder auf dem Dorfplatz. Auch auf dem in der Nähe liegenden Basketballplatz haben sich einige Jugendliche versammelt, um ein paar Körbe zu werfen. Sie reden über eine seltsame alte Frau, die angeblich in den Bergen wohnt. Mehr kann ich allerdings nicht verstehen. Auch hier bleibe ich nicht unbemerkt und schlendere nach einer zusätzlichen Runde im Ort wieder zurück in mein Hotel. Zum Abendessen gibts Zitronenlimonade mit Keksen. Zwar spärlich, aber ein akzeptabler Kontrast zu den fulminanten Mahlzeiten der letzten Wochen.

Mein Entschluss steht fest: Übermorgen werde ich mich auf den Weg machen und bis zum Turm laufen, und zwar alleine. So wie ich es bereits seit Tagen plane. Auf meinem Bett gehe ich in Gedanken die Tour noch einmal kurz durch und schlafe daraufhin ein.

Dienstag, 13. April 2004

Der Tag beginnt für mich ein wenig später als normal. Es ist ein Tag der Vorbereitung und Erkundung. Zuerst suche ich am Ortsrand den Weg, der mich morgen zum Turm führen wird. Nach ein paar Minuten habe ich ihn gefunden und mache mich anschließend auf, erneut in den Nachbarort La Estancia zurückzulaufen. Für die Strecke benötige ich diesmal nur zwei Stunden. In La Estancia komme ich an einem Kiosk, der Bushaltestelle und zahlreichen mit Blumen geschmückten Häusern vorbei. Doch Leute sehe ich so gut wie keine. Der Ort ist noch kleiner als San Sebastián, stelle ich in diesem Moment fest. Zu meiner Verwunderung sehe ich auf der anderen Straßenseite Sam stehen. Unsere Blicke treffen sich für einen Wimpernschlag, als ein großer Lkw mit hoher Geschwindigkeit an uns vorbeifährt und eine riesige Staubwolke hinter sich herzieht. Leicht hustend und mit tränenden Augen drehe ich mich für einen Augenblick zur Seite, bevor mein Blick erneut auf die andere Straßenseite wandert – doch von Sam ist nichts mehr zu sehen. Verblüfft überquere ich die Straße und marschiere in einen kleinen Laden. Zwischen Kartoffelchips, Getränken und Telefonkarten steht eine Frau hinter ihrem Verkaufstisch. Sie begrüßt mich freundlich, doch Sam scheint hier nicht zu sein. Ich versuche der Frau zu erklären, dass ich eine junge Dame suche, doch sie schüttelt nur den Kopf und zuckt mit den Schultern. Ich deute mit dem Finger auf den Durchgang zum Nachbarzimmer, welches durch einen Vorhang aus grünen Kordeln blickdicht abgetrennt ist. Als ich einen langsamen Schritt auf diese Tür zumache, kommt ein junger Mann, wahrscheinlich so etwa Mitte 20, aus diesem Nebenraum heraus und bleibt im Türrahmen stehen. Er ist fast einen ganzen Kopf größer als ich und hat die Statur eines Ringers. Mit verschränkten Armen stellt er mir eine Frage in bestimmendem, aber freundlichem Ton, obwohl ich ihn genauso wenig verstehe wie er mich scheint eines allerdings klar zu sein: Es ist nicht erwünscht, dass ich einen Blick ins Nachbarzimmer werfe. Als mir dies klar wird, verabschiede ich mich und verlasse mit leichtem Kopfschütteln das Geschäft. Ich überlege immer noch, ob es wirklich Sam war, die ich soeben gesehen habe, und wo sie zum jetzigen Zeitpunkt sein könnte. Ein paar hundert Meter weiter setze ich mich auf die Bank an der Bushaltestelle. Ich denke zurück an den Abend in der Disko und erinnere mich an ihren Bierdeckel. Ich trage ihn seitdem ständig bei mir, doch genau angeschaut habe ich ihn mir allerdings noch nicht. Ich hole ihn aus seinem gut geschützten Innenfach meines Rucksacks. Erst jetzt fällt mir auf, dass die Handynummer auf diesem Stück Pappe nicht die von Sam, sondern meine eigene ist. Ungläubig starre ich auf die blaue Schrift und versuche zu deuten, was ich soeben gelesen habe.

Mai Tai wacht gerade auf und streckt vorsichtig seine kleine Schnauze aus dem Rucksack. Sein geschecktes Fell kommt zum Vorschein und mit seinen dunklen Augen schaut er mich fragend an, als ob er von mir eine Erklärung dafür erwarte, warum wir rasten. „Du hast recht, es gibt nichts mehr zu sehen, es wird Zeit, dass wir uns auf den Rückweg machen", murmle ich in Mai Tais Richtung.

An die bunten Pick-ups habe ich mich schon gewöhnt, allerdings noch nicht an die schwarzen. Auf unserem Rückweg überholt uns einer davon. Diese Militärfahrzeuge sind in der Regel voll besetzt. Vorne sitzen zwei Männer und auf der Ladefläche stehen sechs weitere. Alle sind komplett schwarz gekleidet, mit Baseballkappe, Sonnenbrille und MP im Anschlag. Beim Vorbeifahren werde ich kritisch gemustert, allerdings weder gestoppt noch angesprochen.

Am Abend heißt es in San Sebastián für mich, in einem kleinen Kiosk meine Vorräte aufzufüllen. Ein Herr im mittleren Alter steht an der Kasse. Kurz nachdem ich meine drei Wasserflaschen bestellt habe, öffnet sich der Vorhang zum Nebenzimmer und zwei Frauen betreten den Verkaufsraum. Vermutlich ist es seine Frau und seine Tochter. Die junge etwa 20-jährige Dame meint etwas verwundert zu ihren Eltern: „Der spricht ja Spanisch." Ein kurzes Lächeln huscht über mein Gesicht, ich verabschiede mich und verschwinde durch die Eingangstür.

Mittwoch, der 14. April 2004

Es ist so weit. In wenigen Stunden werde ich mit Mai Tai auf dem Gipfel des Berges stehen und vom dortigen Turm aus in der Ferne Puerto Vallarta sehen. Der Turm ist die einzige Sehenswürdigkeit des kleinen Ortes mitten in der „Sierra Madre". Somit ist es für mich ein Muss, einmal dort oben gewesen zu sein.

Ich räume bereits jetzt mein Zimmer, da ich bis spätestens zwölf Uhr ausgecheckt haben muss. Es ist erforderlich alles mitzunehmen. Als ich auf meine Armbanduhr schaue, ist es bereits 7:20 Uhr. Ich gurte meinen Rucksack fest und gebe meinen Zimmerschlüssel an der Rezeption ab. Somit liege ich bereits 20 Minuten hinter meinem Zeitplan. Diesen Rückstand werde ich sicherlich bald wieder aufgeholt haben, denke ich mir, als ich erneut auf meine Uhr schaue. Gegen Mittag möchte ich schließlich wieder zurück sein, um meinen Bus Richtung Puerto Vallarta am Nachmittag nicht zu verpassen. Er fährt diese Strecke schließlich nur einmal pro Tag und die Abfahrt ist immer um 17:00 Uhr in La Estancia.

Die ersten Meter des Weges führen noch an ein paar Häusern am Dorfrand vorbei. Ein junger Mann läuft mir entgegen und schließlich grußlos an mir vorbei. Die Pflastersteine verschwinden und es geht weiter bergaufwärts. Nach einer halben Stunde wird aus dem Weg ein schmaler Pfad, der sich in Serpentinen den Berg hochschlängelt. Nach 90 Minuten versperren umgefallene Baumstämme den Pfad. Spätestens jetzt wird mir klar, dass ich mich auf dem Holzweg befinde. Doch umkehren bedeutet scheitern. Somit laufe ich weiter, da ich den Turm immer noch im Blickfeld habe. Dass ich mich nicht gerade für eine Abkürzung entschieden habe, wird mir in diesem Moment klar. Die Wanderung ist zu einer echten sportlichen Herausforderung geworden, die ich allerdings mit einer großen inneren Zufriedenheit annehme. Plötzlich stehe ich wieder auf einer der breiteren Staubstraßen. Doch sowohl nach rechts als auch nach links scheint die Straße bergab zu führen.

In der Nähe entdecke ich eine etwa drei Meter breite und einige hundert Meter lange Schneise. Sie führt schnurgerade bergaufwärts mitten durch ein Waldstück, mit einer Steigung von mindestens 30 Prozent. Die Schneise besteht aus einigen hundert großen, unförmigen und strahlend weißen Steinen. Sie wirkt faszinierend wie eine Art Himmelspforte. Doch sie führt nur bis zu einem angrenzenden Waldstück.

Den Turm habe ich inzwischen aus den Augen verloren und durch das Waldstück führt weder ein

Pfad noch ein Weg hindurch, an dem ich mich orientieren könnte. Es geht weiter, Hauptsache bergaufwärts. Die Pflanzenwelt zu meinen Füßen verdichtet sich, verschiedene Farne und mir fremdes Gestrüpp lassen meine Schuhe immer wieder im tiefen Grün verschwinden. Der Gedanke: „Wo mal ein Pfad war, wird auch mal wieder ein Pfad sein", gibt mir die Zuversicht, trotz Umwegen auf dem richtigen Weg zu sein. Die Zeit vergeht und tatsächlich liegt nun ein neuer Pfad vor mir. Für mich steht allerdings schnell fest, dass er nicht von Menschenhand erschaffen wurde. Sicherlich streifen hier regelmäßig Tiere entlang, um ihr Revier zu kontrollieren. Ich bücke mich und versuche mich als Fährtenleser. Nach ein paar Versuchen gebe ich ohne Ergebnis auf.

Es geht höher und höher und nach einer Weile habe ich den ersten Gipfel erklommen. Doch mein Turm ist immer noch verschwunden. Ein paar Gipfel später taucht er wieder auf. Die Landschaft ändert sich ständig, mal Wald, mal keiner, mal große, mal kleine Steine, mal gute Aussicht und mal keine. Durch kleinere Stürze sind inzwischen meine beiden Handflächen leicht aufgescheuert. Der Turm scheint allerdings nicht näher zu kommen. Immer wieder bin ich davon überzeugt, dass er sich bereits auf dem übernächsten

Berg befindet. Doch sobald ich den einen Gipfel erklommen habe, tauchen neue Berge auf, die zwischen mir und dem Turm liegen. Allmählich wird meine Sorge größer, im Kreis zu laufen. Bilder aus dem Film „Blair Witch Project" schwirren wie ein Schwarm Fledermäuse durch meinen Kopf. Dies ändert sich auch nicht durch meine kurzen Trinkpausen, die nun immer häufiger werden. Die Sonne brennt nach wie vor auf mich nieder. Da ich weder Brotkrümel noch Kieselsteine habe, die ich hinter mir fallen lassen kann, beschränke ich mich darauf, von allen markanten Punkten meines Weges Bilder mit meiner neuen Digitalkamera zu machen, die ich noch in Deutschland extra für diese Reise gekauft hatte.

Der Größe nach zu urteilen, gehört der nächste Berg sicherlich zu den „Big Five" von San Sebastián. Einer seiner Abhänge besteht aus einer großen Wiese, auf der mehrere Bäume und einzelne größere Steine verstreut sind, zwischendrin immer wieder ein paar Agaven. In ein paar hundert Meter Entfernung fällt mir ein gigantischer Stein auf, der halb so groß ist wie ein durchschnittliches Einfamilienhaus. Er liegt hier, als ob er hier nicht hingehören würde, doch sicherlich befindet er sich schon seit tausenden von Jahren an dieser Stelle. Fasziniert klettere ich auf das „Dach" des Steines und muss mich beim Anblick der Umgebung erst einmal setzen. Ganz in der Ferne sehe ich zwei Dörfer. Das eine mit einem kleinen Flughafen und das andere ohne. In diesem Moment wird mir klar, dass ich heute Nacht nicht mehr in Puerto Vallarta ankommen werde. Schon seit Stunden habe ich keinen Menschen mehr gesehen bzw. gehört. Etwas verärgert über die aktuelle Situation frage ich Mai Tai, ob er heute noch eine Verabredung habe. Falls ja, solle er sie besser abhaken.

Da mein Turm sich immer noch zwischen den einzelnen Hügeln versteckt, peile ich nun den König der hiesigen Berge an. Im Dorf hatte ich erfahren, dass er von den Einheimischen einfach nur „La Bufa" genannt wird. Er ist der größte und imposanteste von allen und der einzige mit einer weißen Haube. Von Weitem könnte man sogar vermuten, dass sein Gipfel mit Schnee bedeckt ist. Doch es ist der raue Fels, den kaum eine Pflanze zu erobern vermag. Es wird immer steiler und aus dem Wandern wird ein Klettern, doch es gibt für mich nur einen Weg und der führt nach oben. Die weiße Felswand ist riesig und mein Respekt vor ihr wird mit jedem weiteren Höhenmeter größer. Doch es wird noch schwieriger, so dass ich nun vor jedem Schritt zwei- bis dreimal prüfe, ob der nächste Stein mein Gewicht halten kann.

Gerade als ich mit meinem rechten Fuß den nächsten sicheren Tritt suche, bemerke ich, wie meine beiden Hände den Kontakt zum Fels verlieren. Mit weit aufgerissenen Augen versuche ich noch irgendwie mit meiner linken Hand den Fels zu ergreifen. Ohne es verhindern zu können, stürze ich rückwärts den Berg hinab. Den ersten Schlag federt mein Rucksack ab, daraufhin überschlage ich mich mehrmals, bis ich schließlich auf dem Rücken liegen bleibe.

Ein Nachzügler der von mir ausgelösten Steinlawine, so groß wie zwei Fäuste, hat sich ebenfalls vom Rest des Felsens verabschiedet und rollt direkt auf mich zu. Er kommt erst nach einer schmerzhaften Kollision mit meinem rechten Knöchel zum Stehen. Regungslos liege ich neben einem kleinen Strauch. Aus meinem Augenwinkel heraus sehe ich den Gipfel des Berges im Sonnenlicht sowie den hellen und wolkenlosen Himmel. Es ist ruhig und ich rechne damit, mich ernsthaft verletzt zu haben. Ich überlege, ob der Zeitpunkt naht, ab dem ich der Vergangenheit angehöre und mich in einem gewissen Abstand hier selbst liegen sehe, nachdem ich meinen Körper verlassen habe. Doch es scheint noch zu früh zu sein, mich von mir selbst zu verabschieden zu müssen. Ich beschäftige mich mit dem Gedanken, was sein mag, falls ich nicht mehr aufstehen kann. Mein gesamter Körper schmerzt, doch ich traue mich nicht zu überprüfen, ob ich mich noch bewegen kann. Ein paar Meter von mir entfernt liegt Mai Tai mit geschlossenen Augen regungslos auf einem Stein. Erst als er bemerkt, dass ich meinen Kopf in seine Richtung drehe, öffnet er die Augen und hebt kurz den Kopf. Da ich mich auch kaum bewege, schließt er erneut die Augen und sonnt sich weiter. Nach ein paar weiteren Minuten hebe ich vorsichtig mein rechtes Bein, es fühlt sich komisch an, doch es lässt sich bewegen. Nur langsam stehe ich wieder auf und beginne mich zu sammeln.

La Bufa hat mich geschlagen und mir klar meine Grenzen aufgezeigt, stelle ich ernüchtert fest. Bei einem Blick hinauf zu meiner Absturzstelle registriere ich, dass ich einige Meter tief gestürzt bin. Der Versuch einer Analyse meiner Situation und meiner Perspektiven beschäftigt den Großteil meiner grauen Zellen. Mir ist nun bewusst, dass ich mich in der schwersten Lage meines Lebens befinde. Die sportliche Herausforderung von heute Morgen ist Geschichte. Hier geht es inzwischen um viel mehr. Es ist ein Kampf, den ich gewinnen muss. Um aus dieser Lage herauszukommen, scheint nur ein einziger Weg in Frage zu kommen. Zuerst muss ich den Abstieg antreten, um die Talsohle des Berges zu erreichen, und von dort nach San Sebastián wandern. Schließlich hatte ich den Ort das letzte Mal erst vor ein paar Stunden aus der Ferne gesehen.

Ich beschließe, mich umzuziehen. Über meine lange, beige Cargo-Hose ziehe ich meine knielangen Jeans, um meine Beine besser gegen die Dornen des robusten Gestrüpps zu schützen. Meine Unterarme und meine Handflächen weisen zahlreiche Kratzer auf und immer wieder läuft Blut über meine Handflächen. Die Wunden mit Pflastern zu schützen ist sinnlos, denn bereits der nächste raue Stein würde sie wieder wegreißen. Vor ein paar Stunden spülte ich noch von Zeit zu Zeit mit meinem Wasser den Dreck aus den Wunden. Doch inzwischen erkenne ich, dass ich mit meinen Wasservorräten sparsam umgehen muss. Die kleinen Wunden heilen immer wieder zu und reißen beim nächsten scharfen Felsen erneut auf. Die Hand mit meinem Halstuch zu umwickeln schlägt ebenfalls fehl, da ich so noch wesentlich schlechter greifen kann. Nur das Oberteil meines grauen Pyjamas ist langärmlig. Somit ziehe ich es auch an, genauso wie die schwarze Weste. Ich sehe aus, als ob ich meine Kollektion blind in einem drittklassigen Second-Hand-Shop zusammengestellt hätte. In dieser Montur mache ich mich wieder auf den Weg. Mai

Tai hat inzwischen wieder seinen Platz im Rucksack eingenommen und versucht zu schlafen.

Der Knöchel schmerzt ein wenig bei jedem Schritt und ich fühle mich etwas wackelig auf den Beinen. Der Hang, auf dem ich mich gerade befinde, ist so steil, dass ich ihn nicht hinuntergehen kann. Es ist mehr ein Rutschen und Schlittern, doch ich komme voran. Manche Passagen habe ich schneller hinter mir, als es mir lieb ist. Fast wie beim Rodeln, nur ohne Schlitten – und ohne Schaumstoffmatten am Ende der Strecke.

Je flacher der Hang, desto dichter und höher ist das Gestrüpp. Es ist inzwischen so undurchdringlich, dass ich die zahlreichen Dornen immer erst bemerke, wenn es bereits zu spät ist. Das Grünzeug ist brusthoch und ich bedaure, dass ich keine Machete bei mir habe. Besonders die zähen Schlingpflanzen verhindern das Weiterkommen. In der Ferne höre ich einen Bach plätschern. Bereits nach ein paar hundert Metern habe ich ihn erreicht, doch er ist offensichtlich ausgetrocknet. Obwohl kein Wasser zu sehen ist, ist es nach wie vor zu hören. Auch sind die schwarzen Steine des Bachlaufs feucht und glatt. Einige Meter weiter rutsche ich auf einem dieser Steine aus und lande sehr unsanft auf meinem Allerwertesten. Der Schmerz verschwindet so schnell, wie er gekommen ist.

Der nächste Sturz ist nur unwesentlich sanfter. Diesmal landen meine beiden Füße in einem kleinen Wasserloch. Es ist gerade so groß, dass sie komplett nass werden.

Das Wasser verschwindet und kommt auf den nächsten Metern immer wieder zum Vorschein. Rechts und links von mir türmt sich die Böschung meterhoch auf. Etwa zehn Meter über mir bilden die umliegenden Bäume ein geschlossenes Blätterdach. Doch ich denke nicht einmal daran, wieder hochzuklettern.

Hinter der nächsten Biegung taucht der erste Wasserfall auf, nur ohne Wasser. In mich gekehrt, laufe ich auf ihn zu und bleibe kopfschüttelnd an der Kante stehen. Ab hier geht es wieder abwärts, erst steil und dann fast senkrecht. Der Fels scheint hier noch dunkler zu sein als noch ein paar Meter zuvor. Während eine Kraft in mir mich nach unten und nach vorne zieht, sucht mein Kopf nach einem entsprechenden Weg. Die ersten beiden Meter kann ich noch hinunterklettern, dies ist auf den nächsten vier Metern nicht mehr möglich. Am rechten Rand der Böschung hat sich ein kleiner Baum dazu entschieden, zur Seite zu wachsen anstatt nach oben wie seine großen Brüder um ihn herum. Er ist zwar klein, aber scheinbar recht gut verwurzelt. Nachdem ich ihn ein paar Minuten lang fixiert habe, strecke ich meine beiden Hände aus, um an ihn heranzukommen. Als ich ihn halbwegs fest im Griff habe, springe ich und hoffe, dass er meinen Aufprall etwas abfedern wird. Ein Sekundenbruchteil später gibt der Baum unter meinem Gewicht nach und schleudert meine rechte Hüfte nach einer Drehung gegen den Felsen unterhalb von ihm. In diesem Moment lasse ich los und stürze den Rest der Strecke im freien Fall zu Boden.

Etwas später erreiche ich einen weiteren Abhang im Flussbett. Er ähnelt sehr dem vorigen, er ist steil, felsig und trocken. Doch auch er hält mich nicht davon ab weiterzugehen. Der Aufprall am Boden schmerzt in den Knochen und zwingt mich, auf dem nächsten Stein entkräftet und ernüchtert Platz zu nehmen. Die Hüfte ist nach wie vor lädiert. Doch meine Knochen konnte der Fels mir nicht brechen, stattdessen meinen Willen. Das erste Mal zieht die ernsthafte Sorge zu scheitern in meinem Kopf seine Kreise – wie ein Geier über einem zugrunde gehenden Raubtier – und überlagert mit seiner Intensität alles andere. Eine Träne rollt über meine rechte Wange und fällt zu Boden. Ich weiß nicht mehr weiter, ich kann nicht mehr weiter und ich will auch nicht mehr weiter. Ich bleibe einfach nur völlig ermattet und niedergeschlagen auf meinem schwarzen Stein sitzen.

Es vergeht fast eine halbe Stunde, ohne dass ich mich vom Fleck bewege. Ich schaue mich wieder einmal um und sehe außer Felsen und Bäumen weit und breit nichts anderes mehr. Doch mein Schutzengel ist bei mir. Ich kann ihn zwar nicht sehen, nicht hören und nicht fühlen, doch er muss einfach da sein in Anbetracht dessen, was ich in den letzten Stunden erlebt und überlebt habe.

Er sagt ohne Worte, ich solle auf mich Acht geben, besonders auf meine Füße, die ich noch zum Laufen bräuchte, und auf meine Hände, die ich noch zum Klettern benötigte, und dass ich das Flussbett so bald wie möglich verlassen solle. Mein leicht vernebeltes Gehirn findet keine andere Option und gibt mir den Impuls, sofort aufzubrechen. Mein neuer Weg führt über den kleinen Berg im Zentrum der „Big Five" über den Bergkamm der „Sieben Gipfel" wieder nach San Sebastián. Es ist der Weg, den ich schon vom Hinweg her kenne, mit Ausnahme eines kleinen, zentralen Berges zu meiner Linken.

Der Weg ist erträglich. Es gibt nur wenig von dem hinterhältigen Gestrüpp, welches bisher immer wieder versucht hat, mir unbemerkt seine Dornen in die Haut zu jagen. Auch von den scharfkantigen Steinen sind momentan nicht viele zu sehen. Es geht über Wiesen und Felder bergaufwärts in

Richtung Gipfel, der aussieht, als hätte die Natur eine kleine Siedlung einer früheren Hochkultur imitiert. Die Bergspitze wirkt wie eine Pyramide, einzelne Gänge scheinen um sie herumgebaut zu sein und ein paar Terrassen säumen das Gelände. Doch für diese Launen der Natur habe ich gerade kein Auge, da mir die Zeit davonzulaufen beginnt. Es ist inzwischen früher Nachmittag und gedanklich beschäftige ich mich bereits mit dem erneuten Abstieg.

Unerwartet taucht kurz nach dem nächsten Strauch erneut ein Abgrund direkt vor mir auf. Um mich selbst nicht zu verunsichern, konzentriere ich mich jeweils nur auf den nächsten Schritt. Sofort fällt mir nur unweit von mir ein kleiner Felsvorsprung auf. Er ist ausreichend groß, um bequem auf ihm stehen zu können. Mit einem großem Schritt und den Körperschwerpunkt dicht am Berg, bewege ich mich auf ihn zu. Doch ich rutsche ab und stürze ungebremst auf das kleine Stück Fels. Der Aufprall ist äußerst hart und eine Kante auf dem Stein rammt sich in mein rechtes Schienbein. Mein rechtes Knie bekommt den Rest des Schlages ab. In dieser Sekunde laufen alle meine Stürze der letzten Zeit in einer Art Kopfkino vor meinem inneren Auge ab. An ein Weiterlaufen ist jetzt nicht mehr zu denken. Ich verharre, unter Schock stehend.

Es gelingt mir, meinen Rucksack abzulegen und mich normal hinzusetzen. Zu meiner Verwunderung ist der Sitz sogar relativ bequem und an den Fels anlehnen kann ich mich auch. Es ist angenehm, wieder die Beine anwinkeln zu können. Doch wenn mein letztes gesprochenes Wort nicht bereits Stunden her wäre, würde es mir spätestens jetzt, beim Blick nach unten die Sprache verschlagen: Mein Felsvorsprung befindet sich inmitten einer riesigen, schwarzen Felswand. Von meinem Sitzplatz geht es weit über 40 Meter senkrecht abwärts.

Zahlreiche Fragen beschäftigen mich: Ab wann werde ich gesucht ... werden Helikopter bei der Suche eingesetzt ... wie lange dauert es, bis ich gefunden werde ... wie lange kann ich wach bleiben?

Ich denke an meine Ziele, Wünsche und Pläne und daran, dass ich sie wahrscheinlich nie werde verwirklichen können. Ich denke an alle Menschen, die mich in meinem Leben begleitet haben, die mich unterstützten und mir ein Vorbild waren.

Ich beginne mit Aufzeichnungen, die ich mit meinem Bleistift im Notizbuch festhalte. Zuerst schreibe ich die Namen der für mich wichtigen Personen in das Buch, dahinter jeweils ein paar Zeilen. Ich schreibe das auf, was ich dieser Person mitteilen würde, wenn ich noch die Möglichkeit dazu hätte.

Danach verstaue ich Buch und Bleistift wieder vorsichtig in meinem Rucksack. Dabei stoße ich mit einer Hand an meine kleine, bereits halb leere Sonnencremetube. Anschließend hole ich erneut meine Digitalkamera aus meinem Rucksack. Sie ist für mich zu einer Art treuem Begleiter geworden. Sie kann durch ihre Bilder Geschichten erzählen, von denen sonst nur ich berichten könnte. Sie weiß, was vor San Sebastián war und welchen Weg ich eingeschlagen habe. Ich entschließe mich, hier und jetzt noch ein Selbstportrait von mir zu machen. Nachdem ich das Bild gemacht habe, drehe ich die Kamera um, um das gemachte Foto zu sehen. Doch in diesem Moment verweigert selbst sie mir ihren Dienst. Die zwei schlichten Worte „Karte voll" werfen mich vollkommen aus der Bahn. Sie wirken in diesem Augenblick wie eine verstörende Botschaft.

Ich habe von Berglemmingen gehört, die wissen, wann es Zeit ist, diese Welt zu verlassen. Sie springen dann ins Wasser, um kurz darauf zu ertrinken.

Auch Mai Tai scheint der Platz hier nicht besonders zu gefallen. Mit einigen kleinen Sprüngen und einer eleganten Kletterpartie gelingt es ihm, den Berg wieder ein Stück hochzuklettern und den sicheren Bereich zu erreichen. Fasziniert schaue ich ihm hinterher. Es ist das erste Mal in meinem Leben, dass ich mir wünsche, ein Frettchen zu sein.

Zu meiner Linken breite ich, so gut ich kann, mein Badehandtuch mit den Blauwalen aus, zu meiner Rechten lege ich mein Polohemd. Auf diese Weise wird ein kleines Stückchen des schwarzen Felsens bunter.

Langsam wird es dunkler und die Sonne beginnt sich für diesen Tag zu verabschieden. Aus der Ferne sind merkwürdige Schreie oder ähnliche Laute zu hören. Ich kann nicht feststellen, ob sie menschlichen, tierischen oder gar mechanischen Ursprungs sind. Sie scheinen von fast allen Seiten zu kommen. Weder kommen sie näher, noch bewegen sie sich von mir fort. Ich beschließe für diesen Moment, mir keine weiteren Gedanken darüber zu machen.

Die Zeit vergeht und ich schaue mir noch einmal genau die nahe Umgebung an. Ich entdecke einen Abschnitt im Fels, der halbwegs begehbar zu sein scheint. Er ist etwa vier Meter von mir entfernt und hat eine Steigung von etwa weiteren drei Metern. Ich entschließe mich, es mit diesem Stück Weg aufzunehmen, denn den Kampf gegen die drohende Müdigkeit würde ich mit Sicherheit irgendwann verlieren.

Es ist Zeit, dass ich mich entscheide, was ich von meinen Sachen mit nach oben nehmen möchte. Ein paar Kleinigkeiten aus meinem Kosmetikbeutel erinnern mich an das „zivilisierte Leben" hinter den Bergen. Die eine Hälfte packe ich wieder in meinen Rucksack und die andere verwende ich mit meinem Kulturbeutel als Beschwerung für meine Felsmarkierungen. Eine Ausgabe der Zeitschrift „Men's Health", meinen Pass sowie mein restliches Bargeld nehme ich neben ein paar anderen Sachen mit.

Besonders schwer fällt es mir, meine Digitalkamera mitsamt ihrer Speicherkarte zurückzulassen. Doch wenn wir uns hier trennen, ist die Wahrscheinlichkeit einfach höher, dass entweder sie es schaffen wird oder ich. Ich stelle sie vorsichtig auf eine flache Stelle ganz dicht an den Felsen und hoffe, dass sie so wenigstens die nächsten Tage vor Wind und Wetter geschützt ist.

Die Digitalkamera hat für mich eine sowohl beklemmende als auch eigenartige Aufgabe bzw. Bedeutung gewonnen. Ich muss an die alte Raumsonde Voyager denken, mit ihrer kupfernen, mit Gold überzogenen Datenplatte, der „Voyager Golden Record". Meine Digitalkamera ist nun so etwas wie meine persönliche Voyager-Sonde.

Es ist Zeit, aufzubrechen. Ich schaue mich noch einmal um. Alles, was ich mitnehmen möchte, habe ich im Rucksack verstaut, und alles, was ich dalassen möchte, liegt fein säuberlich um mich herum verteilt. Meine Schuhe sind neu geschnürt und meine Weste so zugeknöpft, dass sie mich nicht stören wird. Es sind nur sieben Meter Fußweg, doch jedem einzelnen Zentimeter begegne ich mit einer riesigen Portion Ehrfurcht. Voller Konzentration und Respekt bewege ich mich langsam Zentimeter für Zentimeter vorwärts. Minutenlang suche ich vergeblich nach einem festen Tritt, um den letzten Höhenmeter zurücklegen zu können. Mit beiden Händen am Fels festgekrallt, den Oberkörper dicht am Stein, gelingt es mir, mit dem rechten Knie und dann auch dem rechten Fuß das rettende Plateau zu erreichen. Mit aller Kraft stemme ich mein Gewicht nach oben und wuchte mich anschließend auf die Ebene.

In Gedanken versunken setze ich mich langsam und ungläubig auf den Boden. Ich habe tatsächlich die Stelle erklommen, von der ich noch vor einigen Minuten dachte, dass es mir nicht gelingen könnte, sie zu erreichen. Meine Sachen, die ich zurückgelassen habe, kann ich von hier aus nicht mehr sehen.

Ich erkunde meine Umgebung, die ich noch vor ein paar Stunden kaum wahrgenommen hatte. Nur 20 Meter von mir entfernt befindet sich eine mehrere Quadratmeter große und relativ ebene Fläche. Von einem dichten Blätterdach wird sie vor Wind und Wetter geschützt. Einen besseren Schlafplatz kann ich in dieser Situation wirklich nicht finden, denke ich mir in diesem Moment. Ich beginne damit, mich einzurichten. In die eine Ecke kommen die Kekse und meine letzten Getränkereste. In die andere Ecke lege ich meinen Geldbeutel, meine Aufzeichnungen und meine Lektüre. Mein kleiner, weißer Wecker bekommt einen separaten Platz zugewiesen.

Mit meinem Schweizer Taschenmesser entferne ich das Laubdach und verbarrikadiere meinen Schlafplatz so gut ich kann mit Stöcken und Blättern. Von der Tierwelt hier in dieser Gegend habe ich keine Ahnung. Nebel zieht auf und verschlingt einen der Nachbarberge. Aus der Ferne sind Propellergeräusche von Helikoptern zu hören. Mehrmals renne ich in Richtung Abgrund und suche den Himmel ab. Ich beginne wild mit meinem roten Halstuch in der Luft herumzuwedeln und so laut ich kann dreisprachig um Hilfe zu rufen. Doch ich sehe weder einen Helikopter noch einen Menschen, der meine Schreie hören könnte. Einen Großteil der abgeschnittenen Blätter werfe ich den Abhang hinunter, in die Richtung, in der ich meine zurückgelassenen Sachen vermute. Den Rest der Blätter stopfe ich in meinen nun leeren Rucksack.

Als die Nacht beginnt, stelle ich meinen Wecker auf sechs Uhr und versuche zu schlafen. Doch es wird immer kälter, mein Knie scheint anzuschwellen und mein linkes Bein wird langsam steif. Unter Schmerzen bewege ich es immer wieder und versuche so, Schlimmeres zu verhindern. Auch meine lädierte Hüfte macht mir erneut große Probleme. Meinen Rucksack verwende ich inzwischen, mit nur mäßigem Erfolg, als Ersatz für mein fehlendes Kopfkissen, doch an Schlaf ist in dieser Nacht nicht zu denken. Ich wechsle ständig meine Position. Mal bemühe ich mich zu liegen, mal sitze ich zusammengekauert auf meinem Kopfkissen, mal stehe ich einfach nur in der Dunkelheit herum und mal lehne ich mich an den hinter mir liegenden Felsen und warte darauf, dass die Zeit vergeht. Die ganze Nacht kämpfe ich gegen die Kälte an. Meine Hände stecke ich in die schwarze Gürteltasche und mit etwas Papier versuche ich mich zuzudecken. Wärmer wird mir dadurch allerdings nicht.

Zwei Sternschnuppen fegen über den Nachthimmel und ich frage mich, wie es Sam gerade geht. Eine orientierungslose Hummel hat es auf mich abgesehen. Sehen kann ich sie nicht. Ich höre nur die ganze Zeit ihr Summen, wie sie um mich herumschwirrt, und bemerke, wie sie immer wieder mit meinem rechten Ohr kollidiert. Nach einer Weile verschwindet sie wieder und die Ruhe der Nacht gewinnt erneut die Oberhand.

Nach einer gefühlten Ewigkeit wird es langsam wieder hell. Die Sonne geht irgendwo hinter mir auf und ich verfolge, wie sie nach und nach die vor mir liegenden Berge in ihr Licht taucht. Es ist weiterhin eisig kalt und ich versuche mich ein wenig zu bewegen. Erst gegen halb elf Uhr kann ich die Sonne direkt sehen und spüre ihre Strahlen. Es ist ein unbeschreibliches Glücksgefühl. Zu meiner Verwunderung nehmen meine Schmerzen ab, je wärmer es wird. Neue und zugleich alte Möglichkeiten ergeben sich. Ich habe wieder die Wahl zwischen bleiben oder gehen, zwischen passiv abwarten und aktiv kämpfen. Ich entscheide mich zu kämpfen, solange ich noch dazu in der Lage bin. Es sind nur noch ein paar Habseligkeiten übrig, die ich überhaupt mitnehmen könnte. Gepackt ist schnell, doch auch hier möchte ich eine Nachricht hinterlassen. Auf einem kleinen Zettel bedanke ich mich bei allen, die sich um mich Sorgen gemacht haben, und informiere sie zugleich darüber, welchen Weg ich einschlagen werde. Es ist eine merkwürdige Mischung aus Abschiedsbrief und sachlichem Protokoll. Den Zettel spieße ich in der Nähe meines Schlafplatzes an einem Ast auf und verlasse kurz darauf mein Lager. Auch Mai Tai hat in den frühen Morgenstunden wieder den Weg zu mir gefunden.

Das Marschieren geht weiter. Die Felsformation des Gipfels in meinem Rücken, bewege ich mich schrittweise bergabwärts. Am Wegesrand wachsen vereinzelt Sträucher und ich fühle mich wohl, da ich endlich wieder unterwegs bin. Der Pfad wird schmaler und ein paar Bäume lassen nur wenig Sonnenlicht zum Boden durchdringen. Als ich einen Stock neben mir aufheben möchte, erwischt mich ein stumpfer Schlag am Hinterkopf und zwingt mich zu Boden.

Mein Kopf schmerzt wie selten zuvor. Mir ist schlecht und schwindelig, obwohl ich spüre, flach auf einer steinigen Ebene zu liegen. Meine Hände sind mit einer Kordel auf meinem Rücken gefesselt. Die Augen lasse ich aus Sorge, was ich sonst sehen könnte, geschlossen. Von meinem rechten Schulterblatt geht ein brennender Schmerz aus, den ich mir nicht erklären kann. Es vergehen einige Minuten, bis das Schwindelgefühl und die Benommenheit etwas nachlassen. In meiner Nähe höre ich das knackende Geräusch brennenden Holzes. Vorsichtig öffne ich meine Augen und sehe verschwommen ein Wesen an einer kleinen Feuerstelle sitzen. Die Sicht ist trüb, doch ich meine eine alte Frau in einem merkwürdigen weißen Gewand auszumachen. Ihre Hände scheinen ebenfalls weißlich zu sein und ihr langes, gräuliches Haar fällt über ihre Schultern. Am beunruhigendsten ist für mich, dass ich ihr Gesicht nicht erkennen kann. Es sieht so aus, als ob sie einfach keines hat. Die Nebelgestalt scheint nicht bemerkt zu haben, dass ich wach geworden bin. Ich schließe die Augen und versuche das Ganze einzuordnen. Was mit mir passieren wird, falls ich einfach liegen bleibe, möchte ich mir nicht ausmalen. Die Fesseln an meinen Handgelenken sind recht locker, so dass es mir gelingt, mich von ihnen zu befreien. Der Moment scheint günstig, ich stehe langsam auf und greife nach meinem Rucksack. Mein Kopf schmerzt, als würde ihn eine schwere Last zerdrücken wollen. Jeden Pulsschlag empfinde ich als belastenden Impuls, der unkontrolliert und ruckartig durch mein Gehirn jagt. Ich bleibe noch für eine Sekunde leicht gekrümmt stehen, bis mein überfordertes Gleichgewichtsorgan etwas zur Ruhe gekommen ist. Zügig und leise bewege ich mich vom Platz. Nach einigen Metern fange ich an zu rennen, ohne zu wissen, wo ich bin oder wohin ich laufe. „Hauptsache weg von hier!", ist meine Devise. Ich stürze mehrmals, entweder weil ich eine Baumwurzel nicht gesehen habe oder weil ich über meine eigenen Füße stolpere. Von Zeit zu Zeit schaue ich zurück, um zu sehen, ob ich verfolgt werde. Mir wird bewusst, dass ich Mai Tai zurückgelassen habe, doch ich laufe unter Schmerzen weiter.

Viel Gras, ein paar Bäume und nur wenig Geröll und Felsen prägen die Landschaft auf diesem Abschnitt. Es geht wieder aufwärts, der Weg wird steiler und die Sonne versucht erneut, mich zu zermürben. Nach Möglichkeit mache ich alle 20 Meter an einem Baum Rast, um Kräfte zu tanken und einen kleinen Schluck von meinem Wasser zu nehmen. Mein Hals ist so ausgetrocknet, dass ich es nicht einmal mehr bemerke, wenn ich etwas getrunken habe. Der Gedanke an Wasser lässt kaum mehr Platz für anderes. Seit Stunden habe ich zudem nichts mehr gegessen. Doch meine trockenen Kekse sind eher eine Qual als eine Genugtuung. Der Weg ist mittlerweile so steil, dass ich mich nur noch in gebückter Haltung den Berg hochbewege. Meine Stopps werden häufiger und ich merke jetzt, dass die letzte Zeit nicht nur besonders schmerzhaft, sondern auch kräfteraubend war.

Eine scheinbar altbekannte Stelle taucht vor mir auf. Ich befinde mich wieder auf der riesigen, abschüssigen Wiese mit dem Stein, der die Größe eines halben Einfamilienhauses hat. Ich beschließe, hier eine Pause einzulegen, und suche vergeblich Schatten hinter einem der umliegenden Bäume.

Es ist inzwischen Nachmittag und aus der Ferne sind erneut Geräusche zu hören. Ich stürme auf die Spitze des großen Steines und suche die Umgebung angestrengt nach einer Erklärung dafür ab. Mal hören sich die Geräusche wie Motorsägen und mal wie der Lärm von Hubschrauberrotorblättern an. Die Geräusche verstummen immer wieder und sind dann nach einigen Minuten erneut zu hören. Mehrmals klettere ich eilig auf den Stein und wedle wild mit meiner Weste durch die Luft. Doch mich sieht niemand und ich sehe auch niemanden.

Neben einem der kleineren Bäume finde ich eine leere Corona-Flasche. Scheinbar hat es einmal einen ähnlich verrückten Menschen wie mich gegeben, der sich an dieser Stelle aufgehalten hat. Oder ein Pilot hat sie vor einiger Zeit beim Überflug aus seiner kleinmotorigen Maschine geschmissen. Diese Variante ist allerdings nicht besonders wahrscheinlich, da die Flasche offensichtlich heil ist. Sie erinnert mich an einen Film, in dem afrikanische Buschleute eine Coca-Cola-Flasche finden und dies als Zeichen der Götter interpretieren.

Da ich meine letzten Wasservorräte noch nicht aufbrauchen möchte, schaue ich mich in der nahen Umgebung nach allem um, was mir etwas Trinkbares spenden könnte. Es gibt einige grüne Pflanzen in diesem Gebiet. Vorsichtig teste ich die Genießbarkeit von einzelnen Grassorten und von ein paar Baumblättern. Das meiste schmeckt ekelhaft bitter, so dass ich auf eine weitere Kostprobe verzichte.

In der Kalahari buddeln Buschmänner bestimmte Knollengewächse aus der Erde, um an Flüssigkeit zu kommen. Unweit von mir fällt mir eine Agave auf. Ohne lange zu zögern, schnappe ich mir einen großen und scharfkantigen Stein und beginne mit entschlossenem Blick die Pflanze auszugraben. Als ich die Wurzel freigelegt habe, schlage ich mit gezielten Hieben ein paar Stücke aus ihr heraus. Die Wurzel schmeckt sogar und hat auch etwas Wasser gespeichert. Doch ob sie tatsächlich essbar ist, werde ich sicherlich erst später merken. Mein Wasserproblem kann ich so leider nicht lösen. Trotzdem packe ich ein großes Stück von der Agavenwurzel in meinen Rucksack.

Ich setze mich erneut auf den großen Stein, schaue in die Ferne. Meine Gedanken beginnen sich zu verselbstständigen. In meinem Kopf tobt ein erbitterter Zweikampf. Zwei Stimmen schreien sich an, die eine lauter als die andere. Die eine sagt: „Denke an das Wasser! Ohne Wasser ist der Mensch nichts. Der Fluss ist das Ziel. Nur er kann das Überleben in den nächsten Tagen sichern." Die andere Stimme hält konsequent dagegen: „Am Fluss wird keiner suchen. Es ist notwendig, weiterzulaufen und an dem ursprünglichen Plan festzuhalten. Nur so gibt es noch eine echte Chance, hier heil rauszukommen."

Unbemerkt von den beiden Stimmen in meinem Kopf taucht eine weitere aus dem Hintergrund auf. Sie schert sich nicht um die anderen beiden. In sich gekehrt und leise, aber dennoch wahrnehmbar spricht sie vor sich hin: „Wenn es eine spirituelle oder religiöse Kraft gibt, die hier das Geschehen beobachtet und vielleicht sogar schon eingegriffen hat, wird sie sicherlich auch den richtigen Weg kennen. Wenn dies so ist, hoffe ich auf einen kleinen Hinweis, ein verständliches Zeichen, welches mir weiterhilft."

Ein unkontrollierter und fremdartiger Gedanke, so schnell wie ein Blitz und so gewaltig wie ein Donnerschlag, lässt die Stimmen abrupt verstummen. Er ist so klar und einleuchtend, dass ich nicht im Geringsten an ihm zweifle. Es gibt nur einen richtigen Weg, dessen bin ich mir in diesem Moment bewusst: Ich muss meinen Rucksack packen und weiter den Berg hochlaufen, denn hier liegt meine Chance und nirgendwo anders.

Es ist kurz vor fünf, als ich ungeduldig und etwas euphorisch meinen Rucksack packe und zielstrebig in Richtung Gipfel marschiere. Ich komme gut vorwärts. Der lichte Wald lässt sich leicht durchqueren. Nach zweieinhalb Stunden Fußweg erreiche ich das Plateau des Berges und traue meinen

Augen beim Blick nach vorne nicht. Ich bin davon überzeugt, dass es sich um eine Art Halluzination handelt. Nur 25 Meter vor mir steht der lang gesuchte Turm und neben ihm eine kleine Blechhütte. Torkelnd steure ich auf den Eingang der Hütte zu. Aus ihr heraus begrüßt mich eine Männerstimme. Verblüfft bleibe ich vor dem Eingang stehen und ein junger Mann tritt heraus.

In meinem besten Englisch erkläre ich ihm meine Situation. Doch meine Kleidung sagt viel mehr als die beste Schilderung. Ich stehe vor ihm in meiner dreckigen, blutigen und aufgerissenen Cargo-Hose. Über dieser trage ich immer noch meine knielange Jeans. Meine Hände und Unterarme sind dreckig und blutig und am Hinterkopf habe ich eine Beule.

Aus dem Augenwinkel heraus entdecke ich zwei Kanister mit Wasser. Im ersten Moment frage ich noch, ob ich davon trinken darf, und im nächsten habe ich bereits die ersten drei Becher heruntergestürzt. Mir ist bewusst, dass ich es jetzt geschafft haben muss. Der junge Mann bietet mir an, mich mit seinem Pick-up nach San Sebastián zu fahren. Auf der Fahrt erklärt er mir plötzlich mit einem Lächeln, dass ihm gerade das Benzin ausgegangen sei. Mit dem Finger klopft er ein paar Mal gegen die Tankanzeige, doch der Zeiger bleibt nach wie vor auf null. Er fügt noch hinzu, dass dies nicht weiter schlimm sei, da wir sowieso bergabwärts führen. Nach einer gewissen Zeit sind wir tatsächlich wieder in San Sebastián. Dort bedanke ich mich mehrmals und gebe ihm etwas Benzingeld. Nach einer kurzen Verabschiedung peile ich mein Hotel an.

An einer Mauer bleibe ich stehen, um mich ein wenig herzurichten, so dass man nicht gleich bemerkt, dass ich wie der einzige Überlebende einer Katastrophe aussehe. Nachdem ich das Nötigste getan habe, laufe ich weiter zur Rezeption meines Hotels, um erneut einzuchecken. Noch bevor ich mich in mein Hotelbett fallen lasse, suche ich die nächste Telefonzelle auf, um meine mexikanische „Basis" in Puerto Vallarta zu informieren. Eine vertraute Stimme meldet sich und ich erzähle in Kurzform von dem Marsch, den Stürzen, der Übernachtung auf dem Berg und dem Turm. Er rät mir, am nächsten Tag mit einem Bergführer erneut aufzubrechen, um meine zurückgelassenen Sachen zu holen. „In diese Hölle gehe ich nie wieder", sprudelt es aus mir reflexartig heraus. Es ist für mich eine verrückte Idee, doch ich erkläre mich bereit, die Sache noch einmal zu überschlafen. Wenig später ruft er im Hotel an, um dem Personal an der Rezeption zu erklären, warum und dass ich einen Bergführer am nächsten Morgen benötigen werde.

Erst während der lang ersehnten Dusche sehe ich im Spiegel ein schwarzes, leicht blutunterlaufenes Zeichen, das sich auf meinem rechten Schulterblatt eingebrannt hat und einem Auge ähnelt. Meine rechte Hand halte ich mir reflexartig vor den Mund, als ob ich einen Schrei unterdrücken wolle. Mit weit aufgerissenen Augen verharre ich in dieser Position.

Ich ziehe noch einmal los, um für mich Getränke, Kosmetikartikel und andere Kleinigkeiten zu kaufen. In der Apotheke möchte der ältere Herr hinter der Theke mir gleich einen Verband verkaufen, als er meine Arme sieht, doch ich lehne ab und bleibe bei den Pflastern. Als ich von meinen Einkäufen ins Hotel zurückkomme, bestätigt der junge Mann von der Rezeption mir noch, dass mich am nächsten Tag um neun Uhr ein Bergführer am Hotel abholen wird. Als ich im Bett liege, kreisen meine Gedanken über das Erlebte durch meinen Kopf wie ein Dutzend Drohnen in einem Kriegsgebiet.

Etwas erholt von den Strapazen der letzten Tage, wache ich in meinem Hotelzimmer auf. Vor dem Treffen mit dem Bergführer zeichne ich noch eine kleine Landkarte der Gegend. Kurz nach neun taucht tatsächlich ein Mann auf der Veranda des Hotels auf. Etwas enttäuscht stelle ich fest, dass er

kein Wort Englisch spricht. Er dürfte Ende vierzig und etwa 1,70 groß sein. Mit Wanderstiefeln, einer langen, dünnen, aber robusten Hose und einem langärmligen, karierten Hemd ausgestattet, läuft er neben mir her. Seine schwarzen Haare beginnen bereits an manchen Stellen grau zu werden. Wenig später machen wir unerwartet eine kurze Pause neben einem kleinen Haus. Erst als er einen Schlüssel aus der Hosentasche zieht, ist mir klar, dass es sich hierbei um sein Haus handelt. Mit einer einfachen Stofftasche, einem Seil und einer Machete kommt er wieder heraus und die Wanderung kann weitergehen. Mühsam frage ich ihn, ob wir nicht das erste Stück mit dem Auto fahren könnten. Er bejaht meine Frage, wir laufen aber trotzdem weiter und weiter. Ein Auto ist nach wie vor nicht zu sehen. Nach einer geschätzten halben Stunde frage ich ihn noch einmal. Diesmal erklärt er mir, dass es kein Auto gebe, mit dem wir fahren könnten, somit müssen wir den Weg laufen. Wortlos denke ich: „Was solls, schließlich habe ich mich in den letzten beiden Tagen kaum bewegt."

Nach etwa einer weiteren Stunde taucht doch noch ein Auto neben uns auf. Es ist ein blauer Geländewagen, wir dürfen auf der Ladefläche mitfahren. Der Fahrer spricht gut Englisch und ich berichte ihm kurz von unserem Vorhaben. An einer Haltebucht müssen wir aussteigen. Wir verabschieden uns und er wünscht mir noch viel Erfolg.

Es geht somit wieder zu Fuß weiter in Richtung Gipfel, immer auf den Wegen. Nach einer halben Stunde haben wir den Turm erreicht. Nein, wir haben *einen* Turm erreicht, denn dieser hat kein Blechhäuschen. Mein Bergführer besteht darauf, dass es hier nur einen Turm gebe, und ich bin erneut verwirrt. Nach mehrmaligem Nachfragen und einer Übersetzung des Wortes „Blechhäuschen" mithilfe meines Spanischlexikons fällt ihm dann doch noch ein anderer Turm ein. Die Tour geht weiter und nur 15 Minuten später taucht der – diesmal richtige – Turm vor uns auf.

Erfreut bin ich darüber, dass mein Retter vom Vortag auch wieder hier ist. Nach einer kurzen und freundlichen Begrüßung schildere ich ihm, was wir vorhaben und dass ich nicht genau sagen kann, auf welchem Berg wir meine Sachen finden können. Er entschließt sich, mit uns zu kommen und uns zu helfen. Nacheinander klettern wir die eiserne Leiter am Turm hoch, um zum Aussichtspunkt zu gelangen. Ein wenig zittern mir die Beine beim Hochklettern und ich merke, wie anstrengend es ist, mich Sprosse für Sprosse nach oben zu arbeiten. Zeit, um die beeindruckende Aussicht zu genießen, habe ich keine. Es ist extrem schwer, von hier aus die Berge auseinanderzuhalten.

Wieder am Fuß des Turmes angekommen, fülle ich meine Getränkevorräte mit dem Hüttenwasser aus den Kanistern auf. Meine Begleiter brauchen scheinbar kein Wasser, was mich sehr verwundert. Es beginnt ein Raten, aus welcher Richtung ich am Tag zuvor hierhergelangt bin. Wir besprechen uns kurz und entscheiden uns schließlich für eine Richtung. Doch gute 45 Minuten später breche ich orientierungslos den Versuch ab. Mein Retter vom Vortag verabschiedet sich von uns in Richtung Blechhütte und ich mache mich mit meinem Bergführer an den Abstieg. Doch diesmal nehmen wir einen anderen Weg. Zu meiner Verwunderung tauchen etwa eine Stunde später ein paar Häuser am Berghang auf. Neben einzelnen bescheidenen Wohnhäusern gibt es auch einen kleinen Kiosk und sogar eine Kirche. Jetzt wird mir bewusst, dass mein Guide den Besuch dieser Station von Anfang an eingeplant hatte. Wir machen ein paar Minuten in diesem Dörfchen Rast und versorgen uns am Kiosk mit dem Nötigsten. Ein besonderes Anliegen ist es meinem Bergführer, in die Kirche zu gehen. Es ist ein sehr kleines und strahlend weißes Gebäude. Er läuft die ersten drei Stufen zum Eingang hoch und legt behutsam vor dem Betreten des Gotteshauses seine Machete ab. Nachdem er bereits bis zur Mitte des Innenraums gelaufen ist, winkt er mich ebenfalls hinein. Ich zögere, da ich es für unangemessen halte, mit kurzen Hosen die Kirche zu betreten. Doch nach mehrmaligem Auffordern gebe ich nach und suche mir einen Platz. Auf den weißen Bänken kniend, verharren wir für ein paar Minuten andächtig.

In dem kleinen Dorf hat sich inzwischen auch eine sechsköpfige Familie eingefunden. Wir beschließen, mit ihnen gemeinsam nach San Sebastián zu wandern. Es ist schwer, die Beziehungen zwischen den einzelnen Familienmitgliedern zu erraten. Ich unterhalte mich mit einem Mann, der wahrscheinlich nur wenige Jahre jünger ist als ich. Er erzählt, er sei angehender Assistenzarzt in einer Kinderklinik und habe momentan Urlaub, deshalb besuche er hier seine Familie in San Sebastián. Als ich ihm einen Teil meiner Geschichte erzählt habe, schaut er mich verwundert an und fragt mich, ob ich im Wald die gesichtslose Frau gesehen habe. Nach einem Moment des Zögerns lasse ich mir erklären, was oder wen er eigentlich damit meint. Gesehen hätte ich schließlich niemanden auf meinem Weg, schon gar keine gesichtslose Frau. Er erklärt mir, dass nur Kinder und junge Erwachsene diese Frau sehen könnten. Sie komme in die Häuser, wenn die Kinder bereits schlafen. Jedes Kind in San Sebastián kenne diese Frau, doch niemand wisse, was sie eigentlich möchte oder wer sie genau sei. Manche berichten, dass sie sich bei ihnen auf die Bettkante gesetzt habe. Die Kinder hätten sie erst gesehen, als sie mitten in der Nacht aufgewacht seien. Diese Frau habe eine kalkweiße Haut und weißes bis graues Haar, doch ein Gesicht habe sie nicht. Sie trüge stets eine Art bodenlanges, weißes Nachthemd. Die Kinder hätten Angst vor ihr, doch sie wüssten nicht, was sie tun sollen. Es wüsste auch niemand, wo sich diese Frau tagsüber aufhalte. Die Kinder vermuten, dass sie sich tagsüber in die Berge zurückziehe. Mit einem ungläubigen Lächeln bitte ich den jungen Mann, der Frau doch bei der nächsten Begegnung einen schönen Gruß von mir auszurichten. Ich hätte sie leider bei meiner Wanderung durch das Gelände nicht angetroffen, wie ich noch einmal betone. Darauf ruft er seine jüngere Schwester zu sich, die mir bestätigt, dass diese Frau existiere und dass sie sie vor einigen Jahren selbst einmal gesehen hätte.

Mittlerweile haben wir etwas Abstand zum Rest der Gruppe gewonnen. Dies nutzt der zukünftige Arzt, um einen Joint zu rauchen. Er erklärt mir, dass er nicht unbedingt möchte, dass seine Familie dies sieht.

Einige Zeit später kommen wir wieder in San Sebastián an. Inzwischen hat auch die Gruppe Anschluss gefunden. Vor dem Haus meines Bergführers verabschiede ich mich von ihm und danke ihm für seinen Einsatz. Von der Familie verabschiede ich mich nur wenig später. Es ist inzwischen Nachmittag.

Zügig packe ich in meinem Hotelzimmer meine Habseligkeiten ein, checke aus und begebe mich in Richtung Ortsausgang. Obwohl wir uns auf dem Rückweg beeilt haben, ist es bereits kurz vor vier.

Mir wird klar, dass ich meinen Bus nach Puerto Vallarta nicht mehr erwischen werde. Trotzdem laufe ich zügig weiter.

Am Ortsausgang höre ich, wie sich auf der schmalen Straße ein großes Fahrzeug schnell nähert. Ich drehe mich um und sehe einen Zwölftonner auf mich zufahren. Es ist eines der Baustellenfahrzeuge zum Abtransport von großen Gesteinsbrocken. Er ist sicherlich schon an die 30 Jahre alt und das Führerhaus hat eine für Mexiko typische, rundliche Form. Ich stelle mich breitbeinig mit dem Gesicht zum Lkw auf die Straße. Die Arme reiße ich auseinander, so dass der Lkw-Fahrer nicht um mich herum kann. Es gibt nur zwei Möglichkeiten: Entweder er überfährt mich oder er hält an. Ich stehe da, versteinert wie die Christusstatue von Rio de Janeiro, und warte auf das, was kommen mag. Entsetzt registriere ich, dass am Steuer des Lkws die gesichtslose Frau sitzt.

Ende